句景

大畑 等【句】 荒川健一【景】

「現在」の再生

宇多喜代子

俳句にもっとも親しい表現手法が写真であること、これは折にふれ言われていることだが、目にするものの多くはどちらかがどちらかの説明をしているような例ばかりである。だが言葉があるのみで、カメラという目で思いもかけぬ色や形となって捉えられ、書かれていない言語世界を現出するまでに作品化されたものに出会うと、俳句と写真の境界を超えて喝采を送りたくなる。

たとえばこのたび刊行された大畑等の俳句と荒川健一の写真のコラボレーションからなる一冊である。その中に、大畑等が残した句集『ねじ式』の俳句、

前略百年同じところのがまがえる

と、おおきな蟇の写真を一つにした作品がある。これを見てこの蟇を句の説明やモデルだと思う人はないだろう。それでいてこの蟇は、この俳句の言葉となって蹲っているのだ。百年不動を具象化すればこれだと思わせるカタチである。もしかしたら、おぬし、「お灯祭」の火を見続けてきた新宮の神倉山ゴトビキ岩の魂魄なのか。

この一句一葉が示すように、どの頁の写真も大畑等の言葉の生む世界を立体的に具現しており、句が幾倍にも広がり、その裏側までをも見せてくれるのである。ということは、荒川健一のこの「蟇」の写真を先に見せられ、これを定型の言葉で書いてみよと示唆されれば、〈前略百年同じところのがまがえる〉という句が生まれるということだ。

いま一枚、わが執着の句と写真がある。第二句集『普陀落記』の

一句、

花栗に噎せぶひかがみ縄文坂

と、森の中の道の日の光りの写真である。坂道に石で階段が作られているところから人道であることがわかる。見ているうちに古来よりの人々の往来の足音が聞こえはじめ、やがて遠のき、無音の世界になる。すると樹々や石や影がそれぞれの音を奏で始める。「縄文坂」の名にふさわしければこの坂はどこの坂道であってもいいが、私には熊野へ通ずる中辺路に見える。帝の一行や、蟻の熊野詣の人たちの通った道だ。栗の花の咲く頃のまぶしい日の光りのなんと鮮やかなこと。この眩しさに膕が噎せぶ。古人の膕か、大畑自身の膕か。この道はいずれかの若王子に至る。帝の一行には白拍子もいたから、彼女の絡げた裾から見える膝裏であるのかもしれない。

どの一葉からも大畑等が一句に託して言いたかったこと、大畑等が自作に予測だにしなかったリアリティ、一句に採用された言葉のビジョン、これらが出現する。あの人懐っこい表情で喜んだり、納得したり、時に反論したりする大畑クンの姿が目前に浮かんでくる。

思えば、二〇一六年一月に大畑等が逝ってはや五年がすぎた。享年の六十五はいかにも早く、いまも生存年齢を数えるたびに、その早世が理不尽に思えてならないのである。大畑等がこの世に残した句集『ねじ式』『普陀落記』には、生前の大畑等の生の日の「現在」がいきいきと生きており、ここにまた言葉とカメラの生む新たな「現在」が再生された。

まことに嬉しいことだ。

真言の鰭の海より初日かな

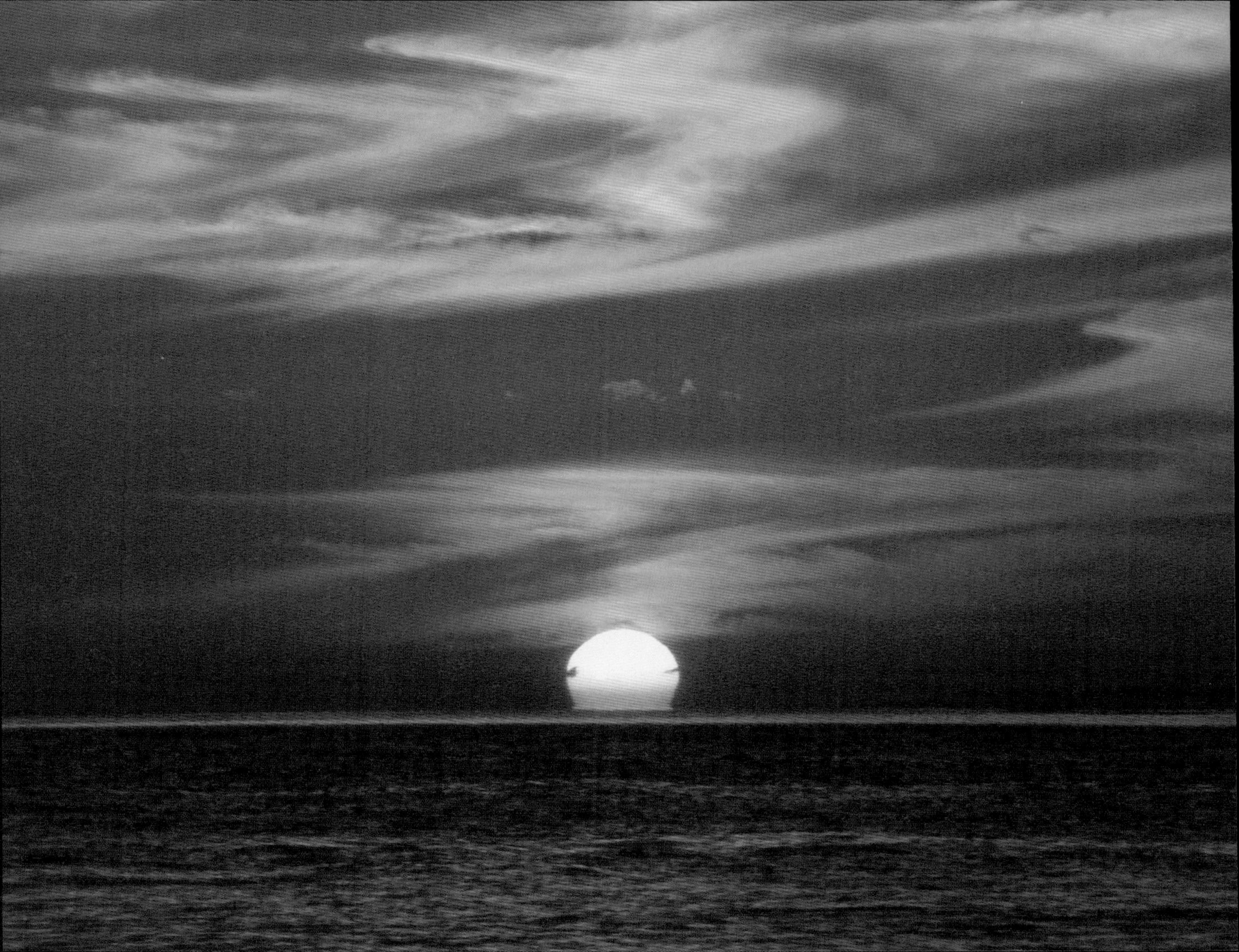

冬霧に尻叩かるるトカトントン

柔らかい辺境なり冬の日のヘッセ

陽炎の密室つくる少年愛

父に一あれば枯野のなかを内出血

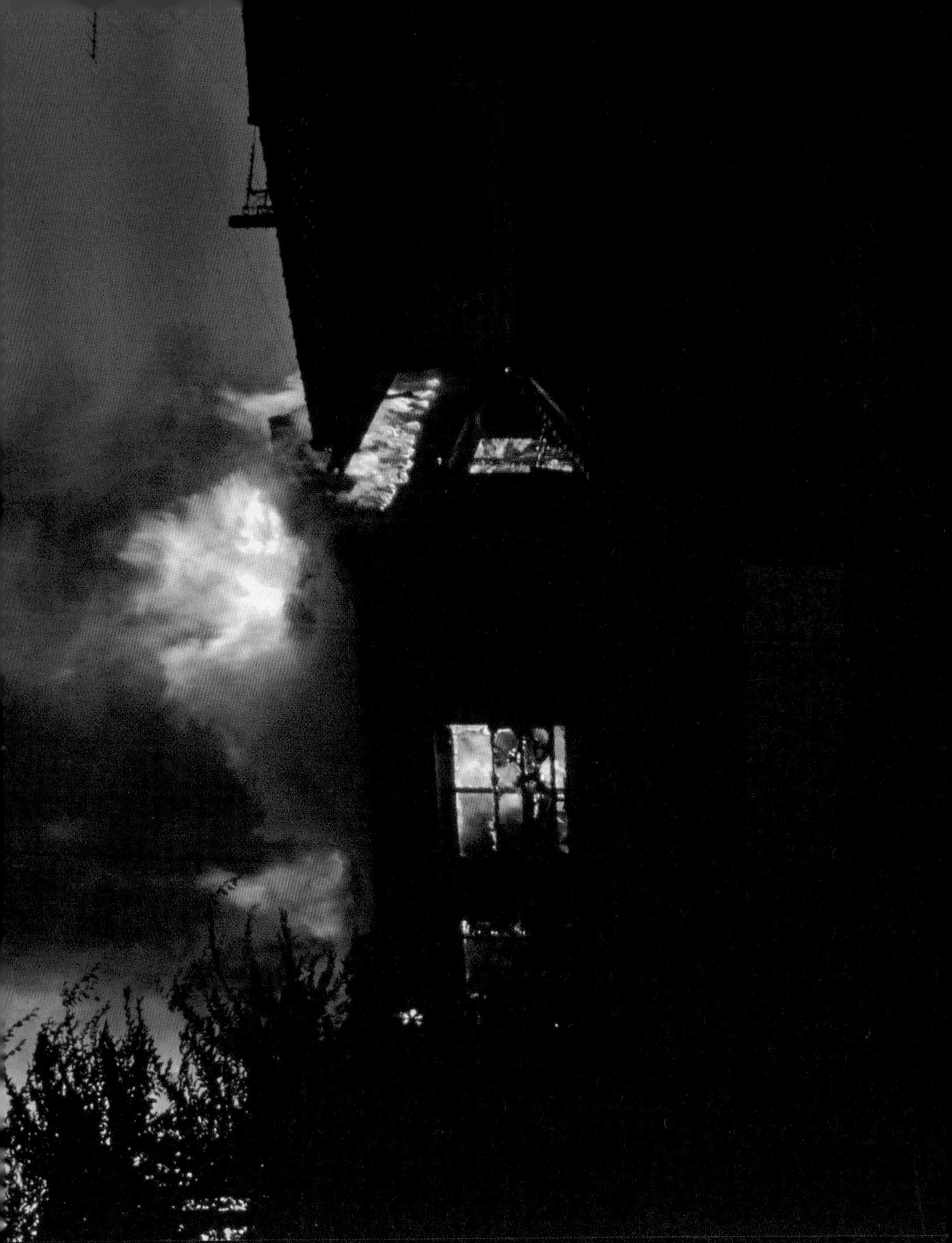

深海魚若草荘に火を付けた

蛇出れば新興俳句はすぐ殺し

童謡の黒煙あがる菜の花畑

遠方にころがる人や月明り

〇一四

泡立草と芒揉み合い馬賊が夢

十津川村に月吊す

恋猫は金属である枯山水

臨町劇場
オデオン座

栗の花からくり時計の腸が見える

晩秋や刀剣全書を猫過ぎり　0110

仏壇の臍下丹田あたりは秋

賛美歌や廊下を白馬走り抜け

黒鍵を叩いて蝶の飛沫かな

西瓜のぽかんと丸い無期懲役かな

伊耶那美は腸捻転なり右は伊勢

鞦韆に遠のく父には目礼せよ

十人中九人は女濁流見る

舟虫よりでっかい俺の破顔かな

上流は気が狂れておる案山子かな

大岩の下の神主目刺し喰う

春なれば耳の震えの狂女の墓

死んでから踊る阿呆や浮いてこい

神無月耳垢が大量にとれた

脇腹にラの音響けり半陰陽

家系図に脚立をたてし男かな

一 僧が淫しておりぬ雛祭り

刻々と芽吹くが死にし人の手が

いとこはとこ栃木で眉を剃るなり

小栗街道美女というもののなまぐさきかな　〇四六

海人や潮目にふぐり洽や一おり

おだまきの三角点に手を切る獏

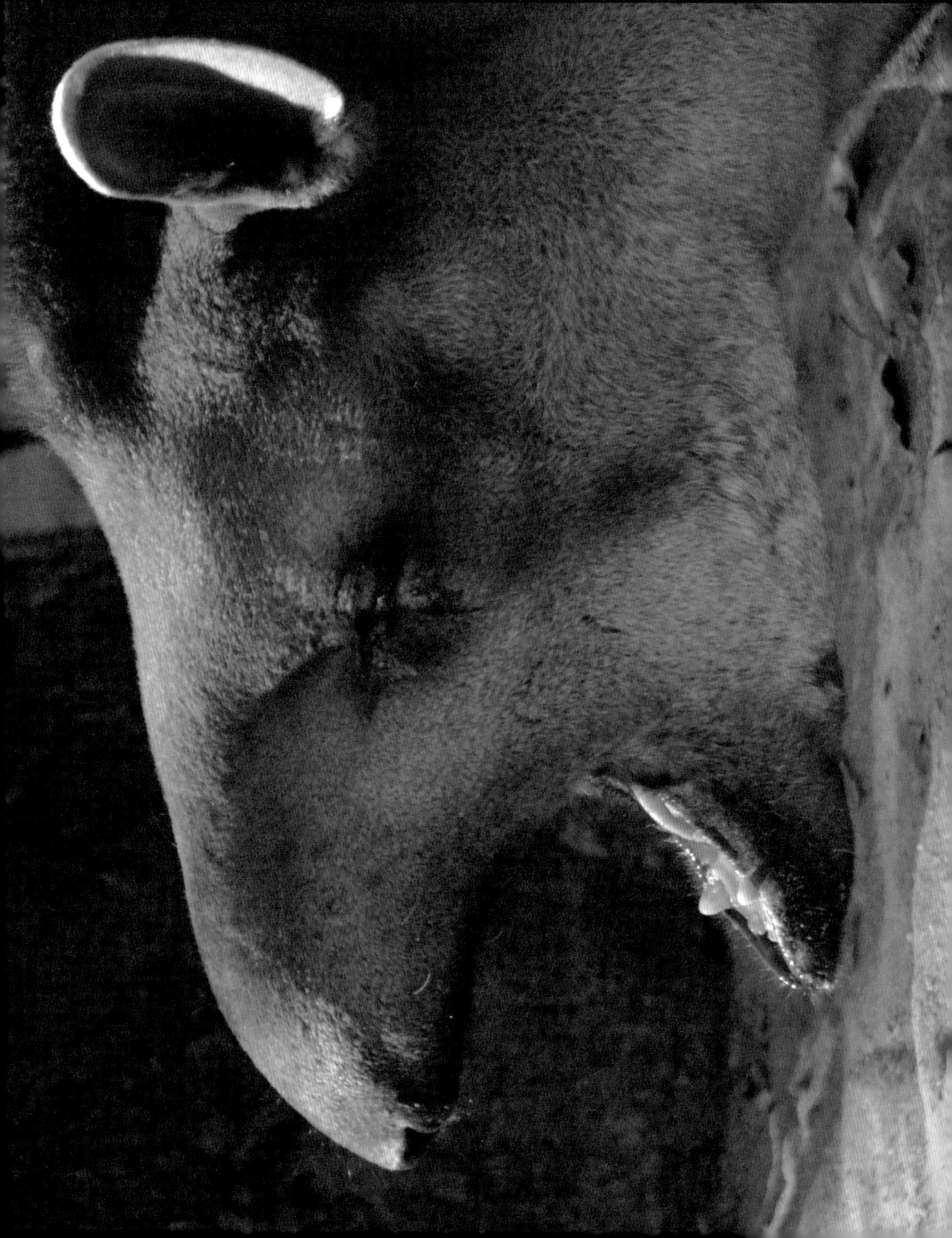

棺を出よ芹すくすくと伸びおるに

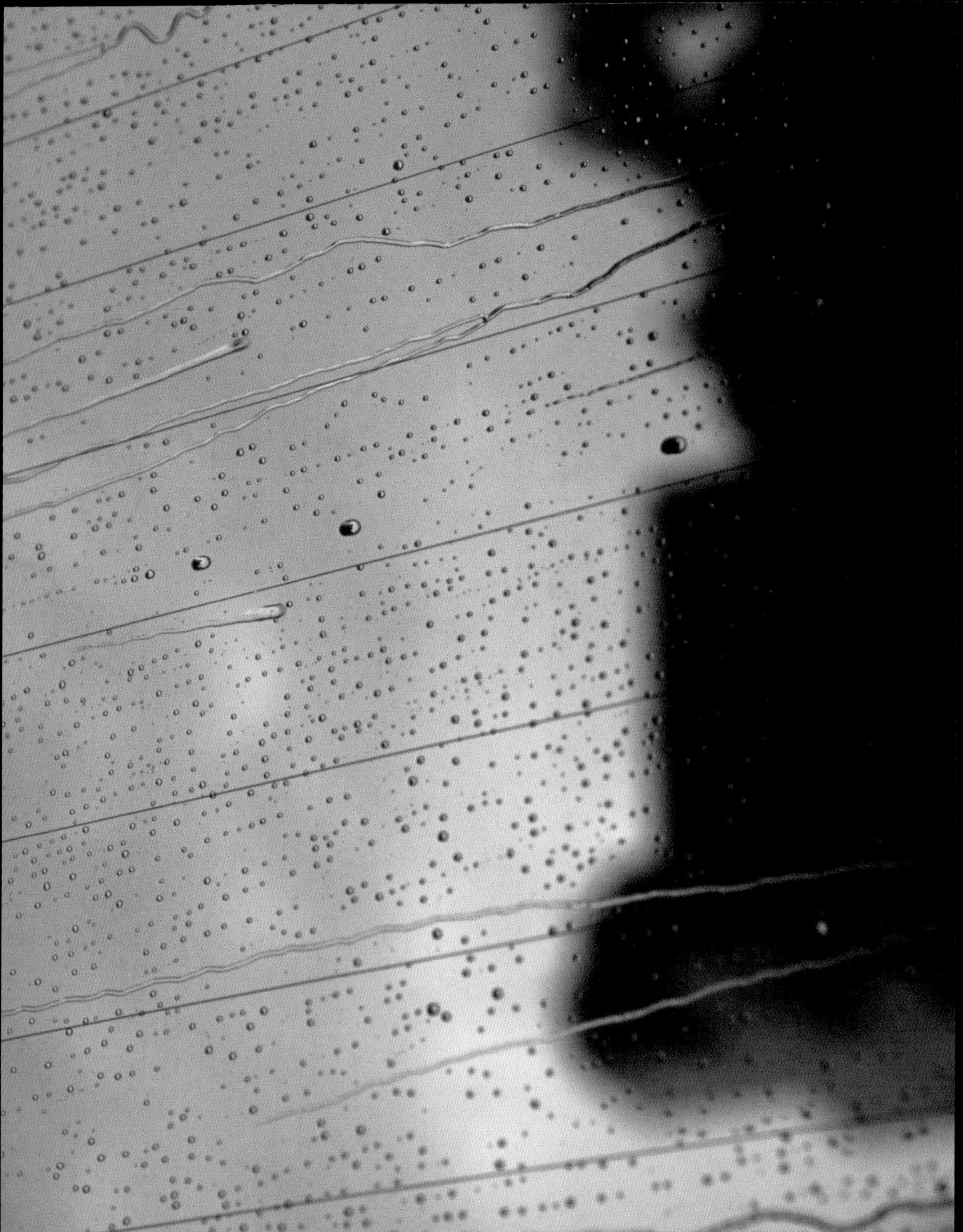

補陀落や雨粒一つずつ大きい

きさらぎの石積み終えしは悪僧か

春の暮土置く人を訪ねたり

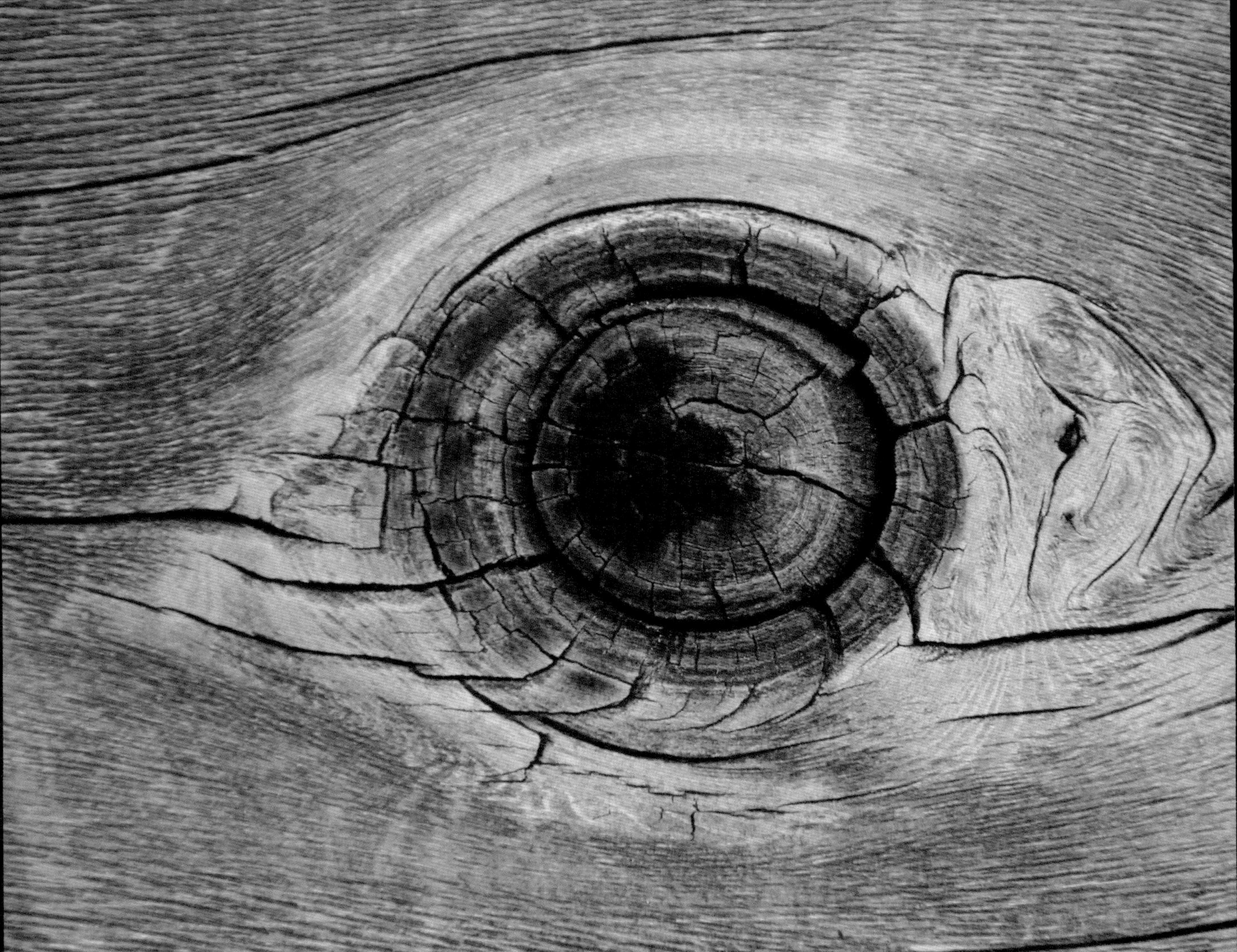

蛇穴を死んだ男と出でにけり

かなかなの声の白骨死体かな

脳死まで蟬の鳴き真似していたり

冬ざれのかちかち山を見に行かむ

鮫一尾書棚に暴れおりしかな

男と女誤謬の鯨を食い始む

歎異抄屈伸運動しておりぬ

青鮫の観念論を突き刺しぬ　OKII

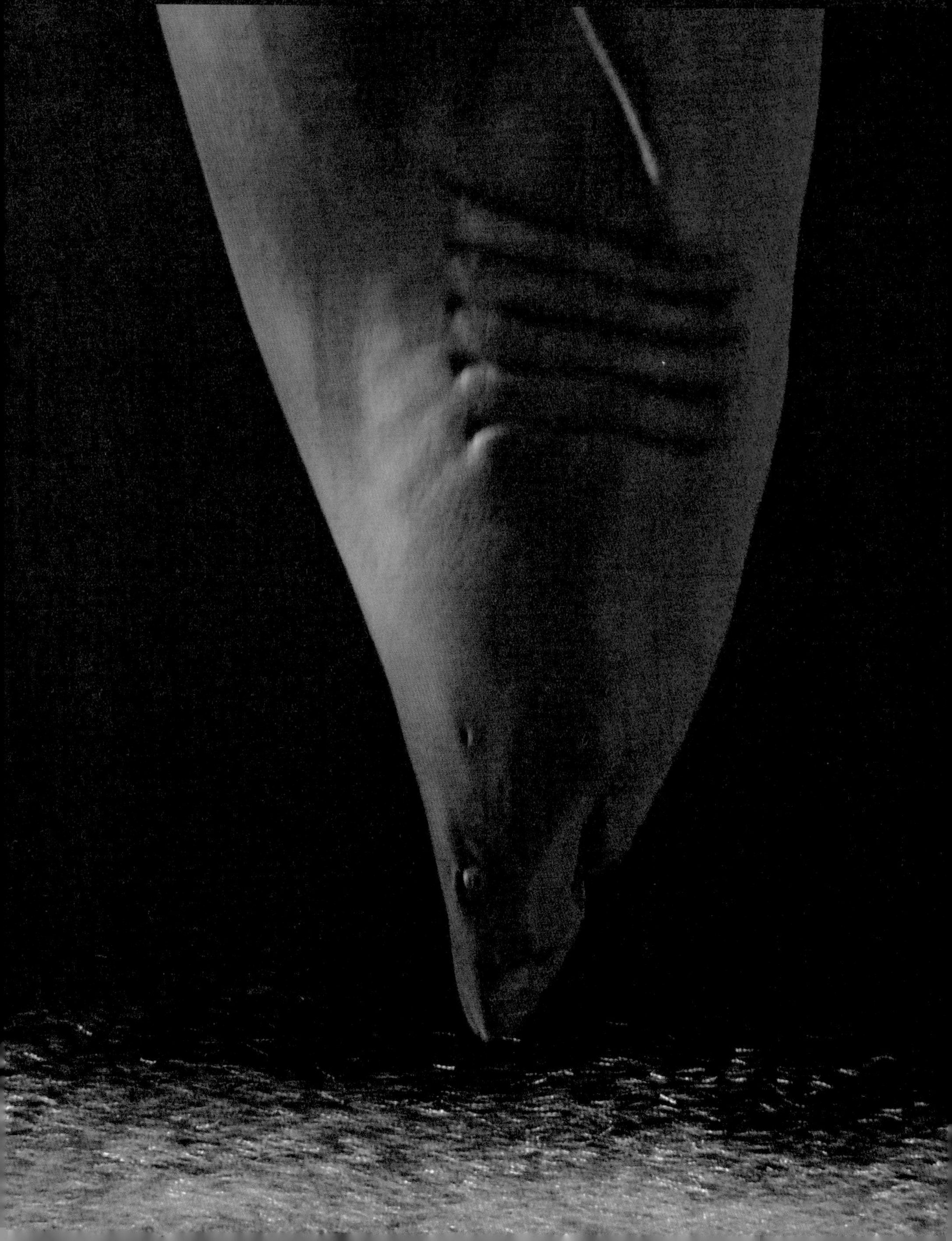

日時計に漢二人の謀議かな

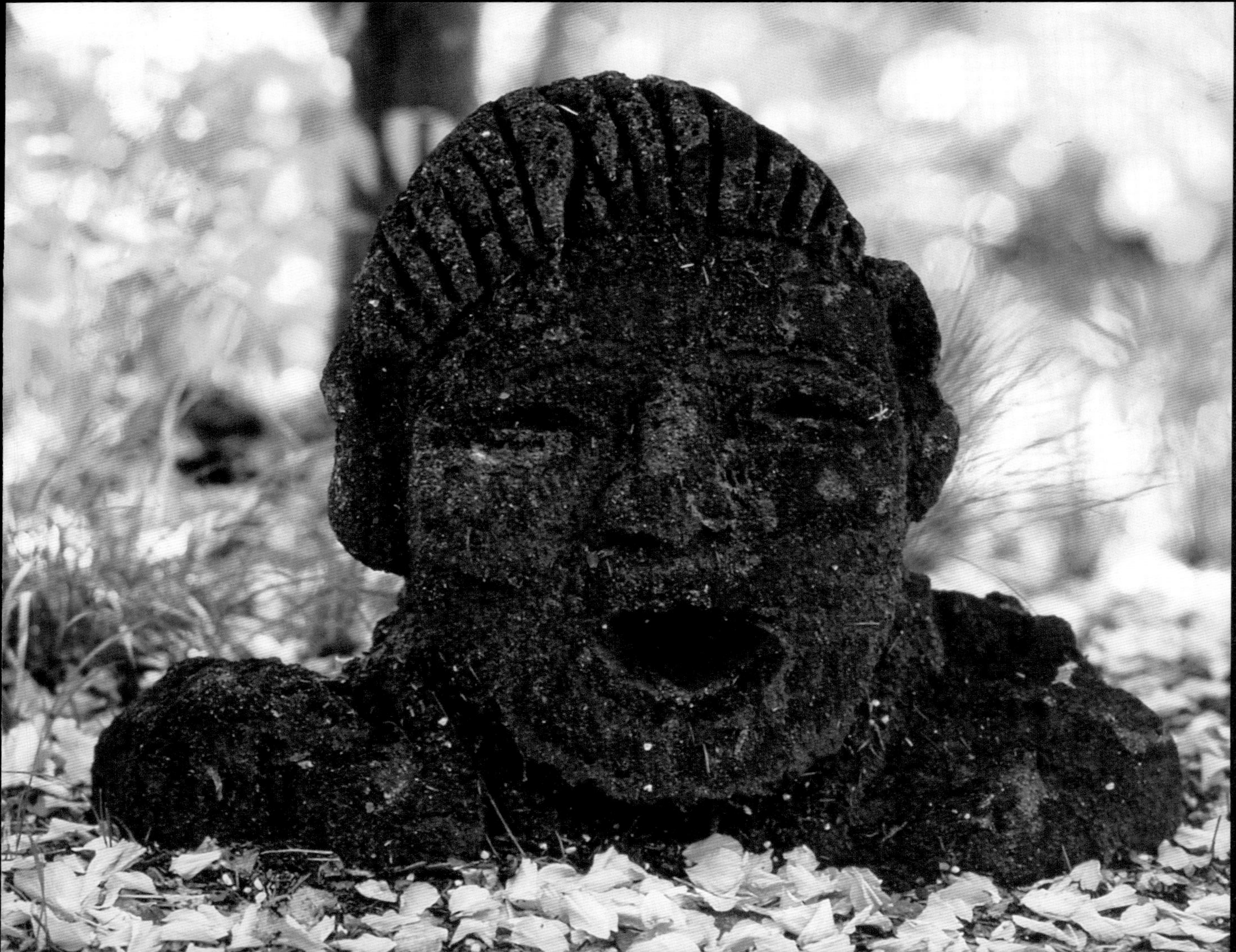

春山に激しく触れよ翁面

かたつむり男はみんなお陰様

いもむーとポルノグラフィ見ておりぬ　

きさらぎのことばのこども叱られる

若鮎の口吸い合える古本屋

観音霊場あれは抜き手の上手い姉

イエスの足ニワトリの足梅雨寒し

母方に水ほとばしり秋祭

梟と呼び合う叔母の厠かな

居眠りの遠くに散りぬ栗の花

栗の花銀の電車の湿りかな

昼寝覚め真白き布をかぶさるる

銀やんま昔木偶は泣きにけり

啓蟄の日はアリバイのありにけり

前略百年同じところのがまがえる

鬼歯にて餅噛むことも地上かな

自転車が挙丸盗む梨の村

普陀洛より男来たりて梅を干す

梅干して普陀洛渡海忘れたり

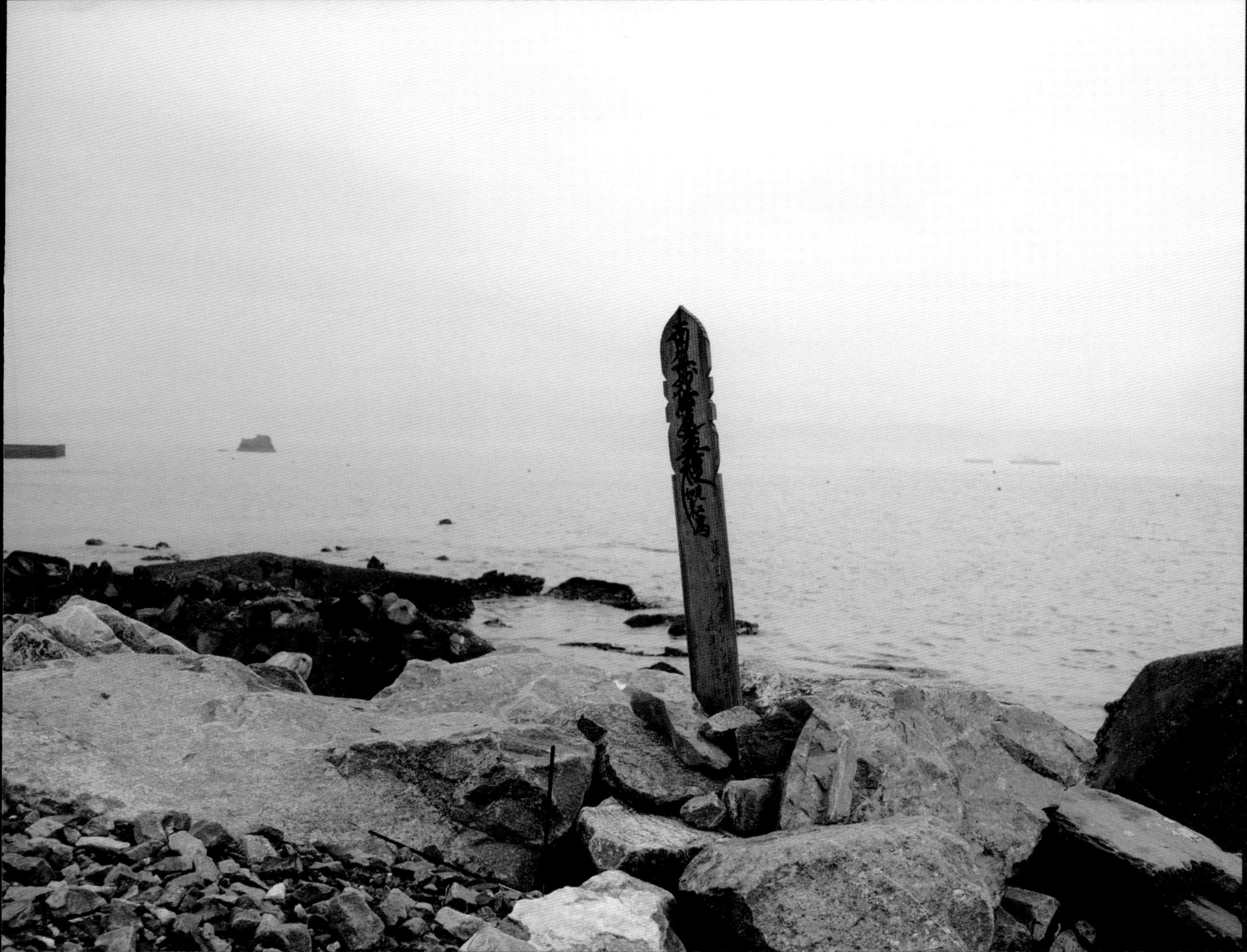

秋の暮うざったいかなおらが墓

堀切駅 西口
Horikiri Station
駐車禁止
OFF PEAK
は、7時50分～8時30分です。
delight
JT
ご案内

階段に梨食い飽きる寺院かな

秋風を厠に誘うは悪人なり

縄電車顔の大きなお婆たち

秋の天ときどき止まる虫男

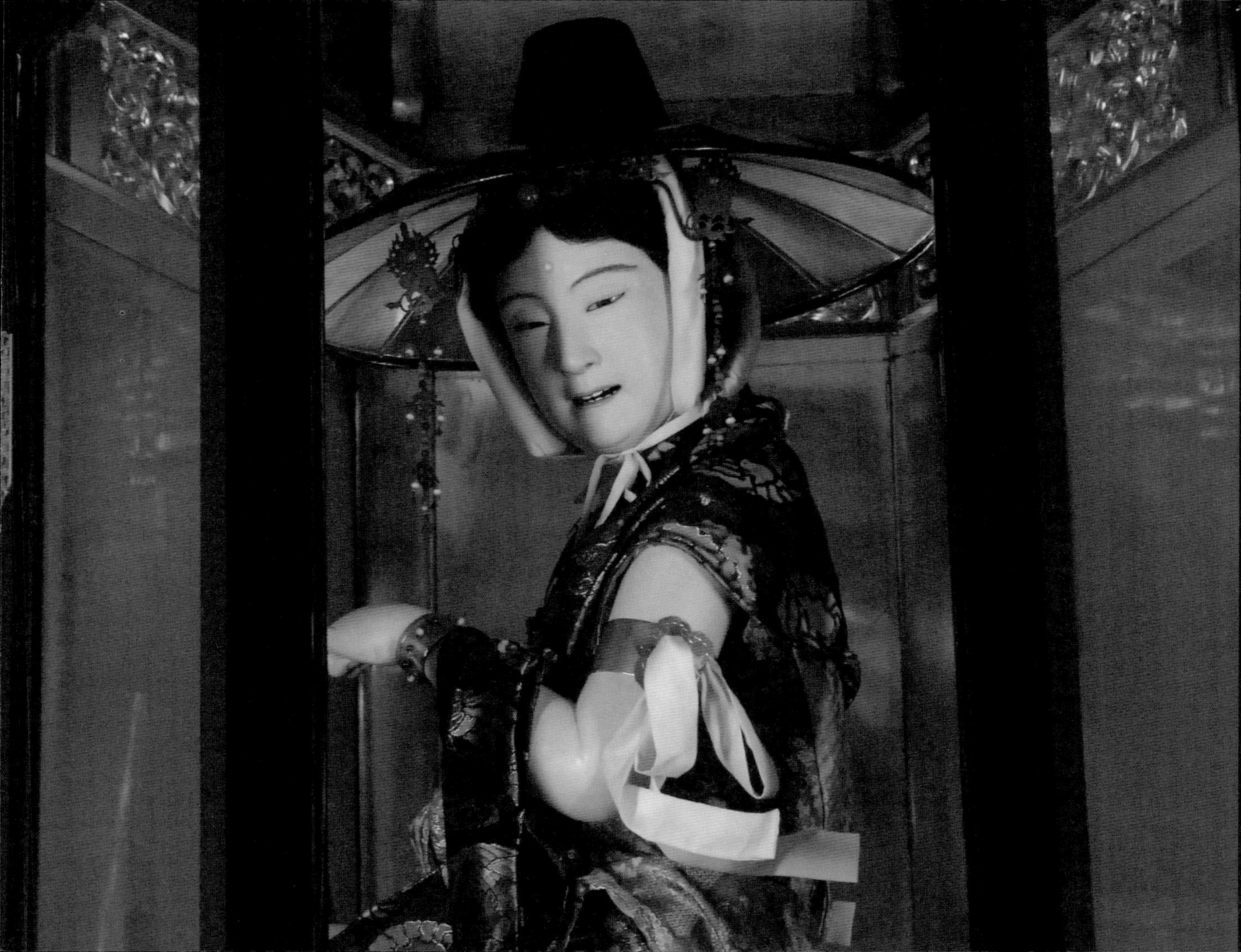

ねじ式で卵うみたる秋のマリア

月蝕下大根おろしがうまくすれた

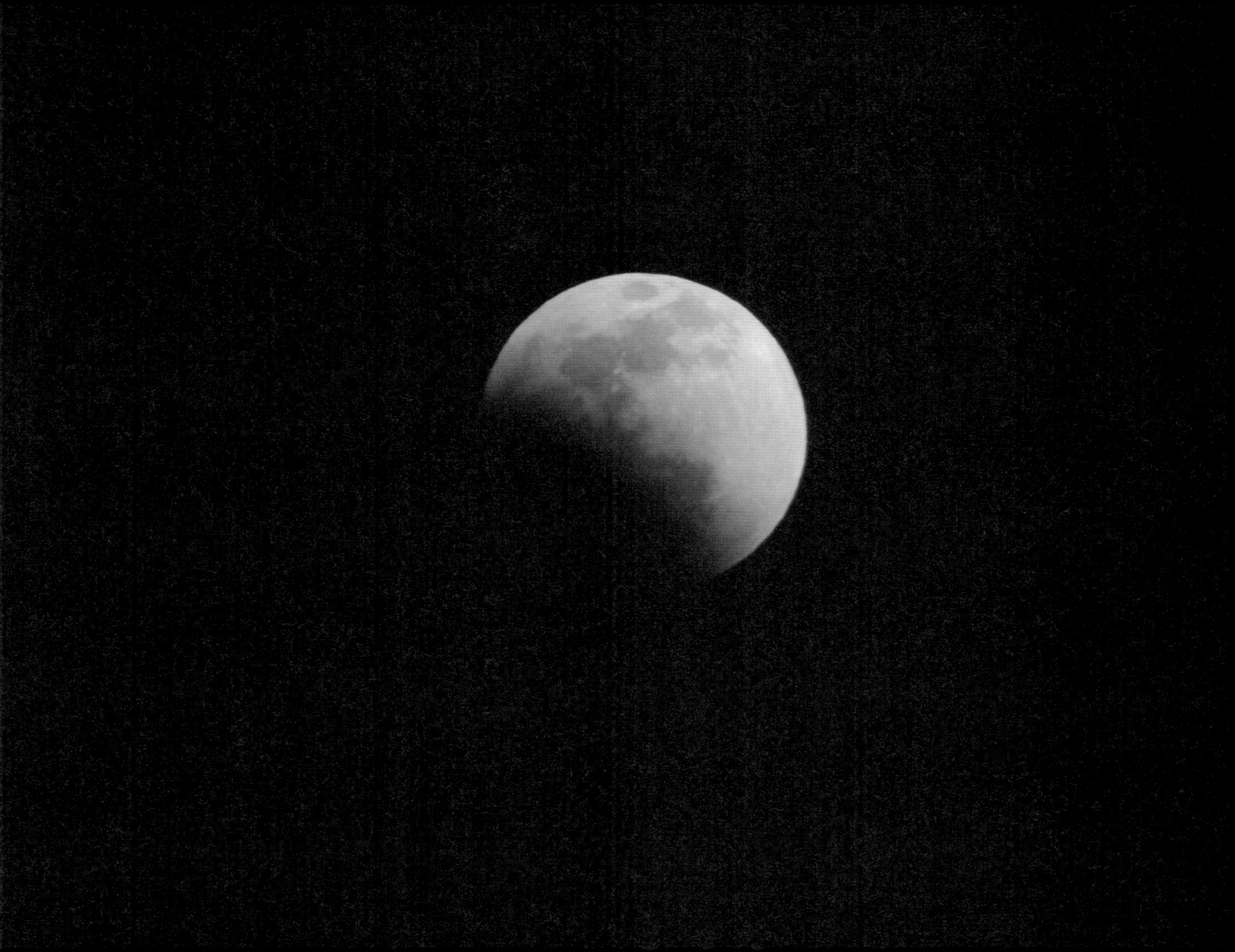

奉納
南無観世音菩薩

花栗に噎せぶひかがみ縄文坂

巡礼三人番茶に映る違う夢

秋口はするめを持って踊りおり

蛇穴を出て神父然娼婦然

朧夜の眼玉抜けたる肖像画

賽銭を観音堂の九穴へ

綾取りの星を壊して狂女かな

しんしんと第九のなかを鮫泳ぐ

爺は吐き婆は吸いたり花みつまた

大寒や支那の鏡の指紋拭く

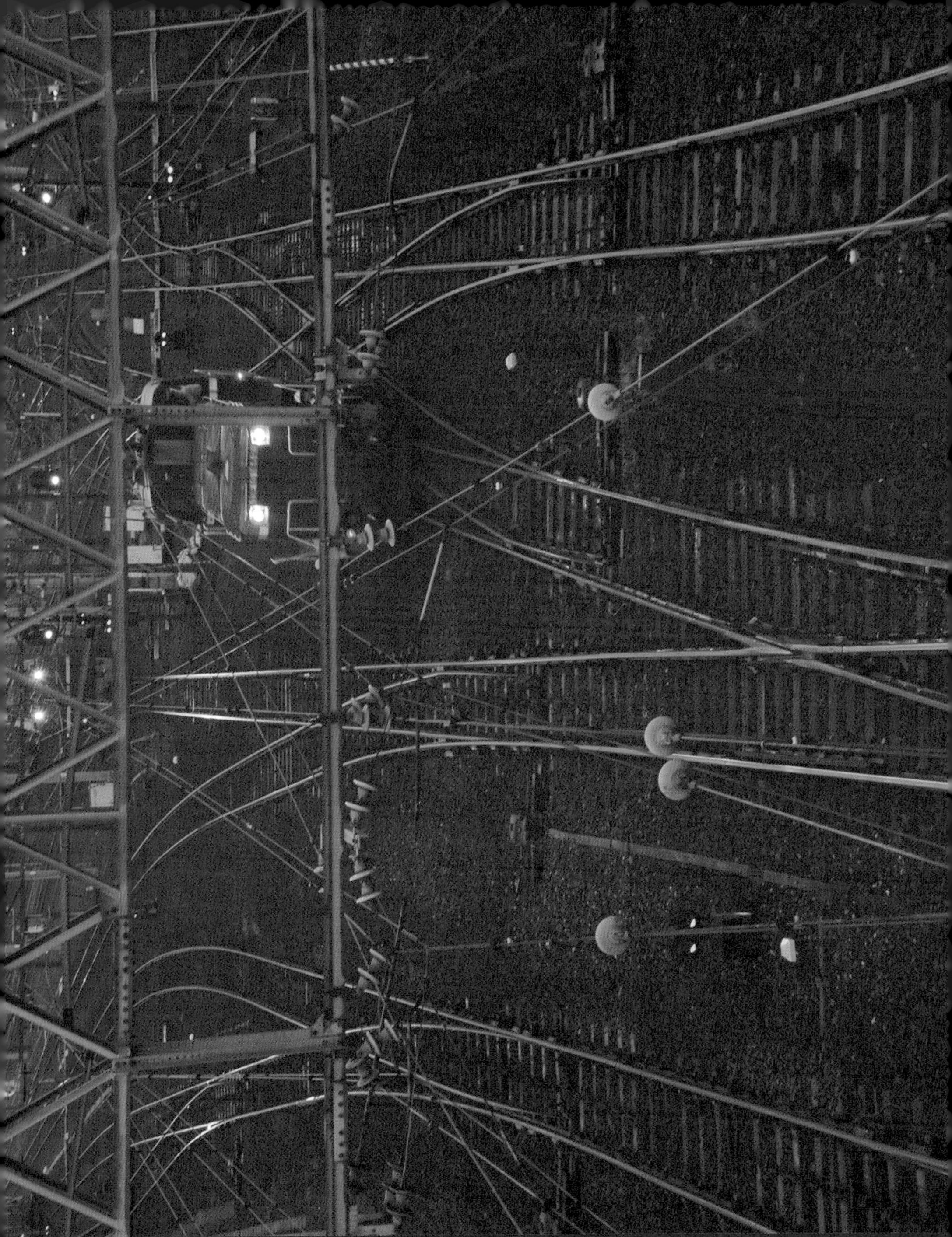

極月の汽罐車捨つる己の湯

荒天や曼珠沙華より私信来る

山茶花やむかし郭の格子窓

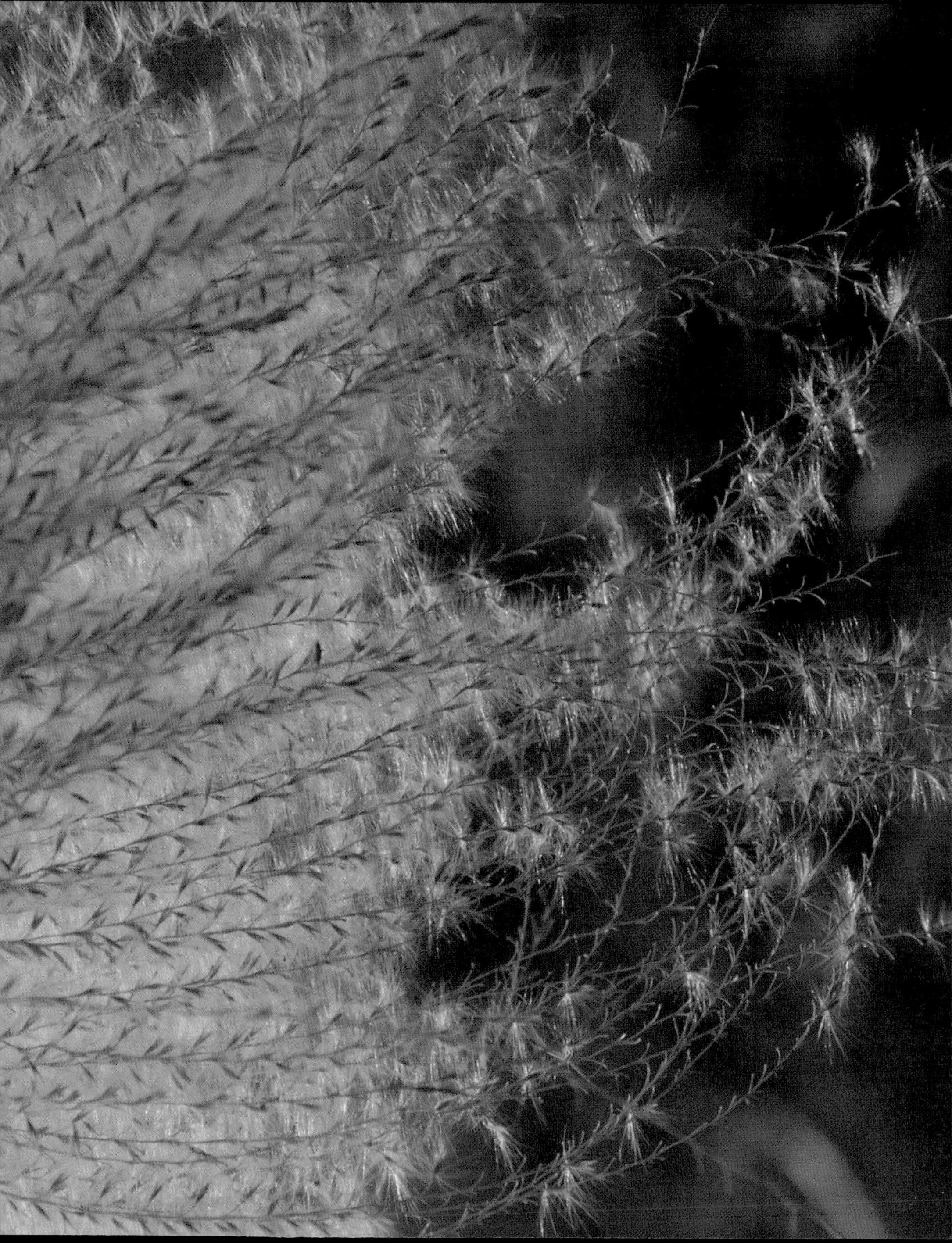

半島や鮫の涙がるいるいと

白桃を啜るも陋居ヒューズ飛ぶ

原作・大佛次郎
鞍馬天狗
一騎討ち
痛快無類！寛寿郎の十八番！
御存知鞍馬天狗の決定版！
嵐 寛寿郎
宮城千賀子
河津清三郎
監督・萩原 遼
脚本・民門敏雄
とんかつ

極月の平均台に少女がひとり

落鮎をたっぷり食いて明日は美し

鬼柚子や十五でたましい売りしかな

初湯して遠流の王の如きかな

四日はや『泥棒日記』のジュネの貌

天井に育て忘れし鮫の顎

万骨の覚め始めたる花筏

水葬の足袋眩しかろ秋の蜘蛛

つくづくし住民票が捨ててある

ぎんなんの匂い吹かせて厠神

撒餅や冬田に太る鯉はいぶかし

六十余年短軀退屈浮いて来い

父の父もまた禿げ頭蚊を叩く

羅に万札ありて崖観音

仰向けに死にたいけれど黄水仙

梅咲いてあっちに飛んだ楽天家

背中より喇叭吹かれて花槿

端居して我が葬式に並ぶひと

噴水の頂点に舞う母の靴

赤ん坊月に濡れたる首そろえ

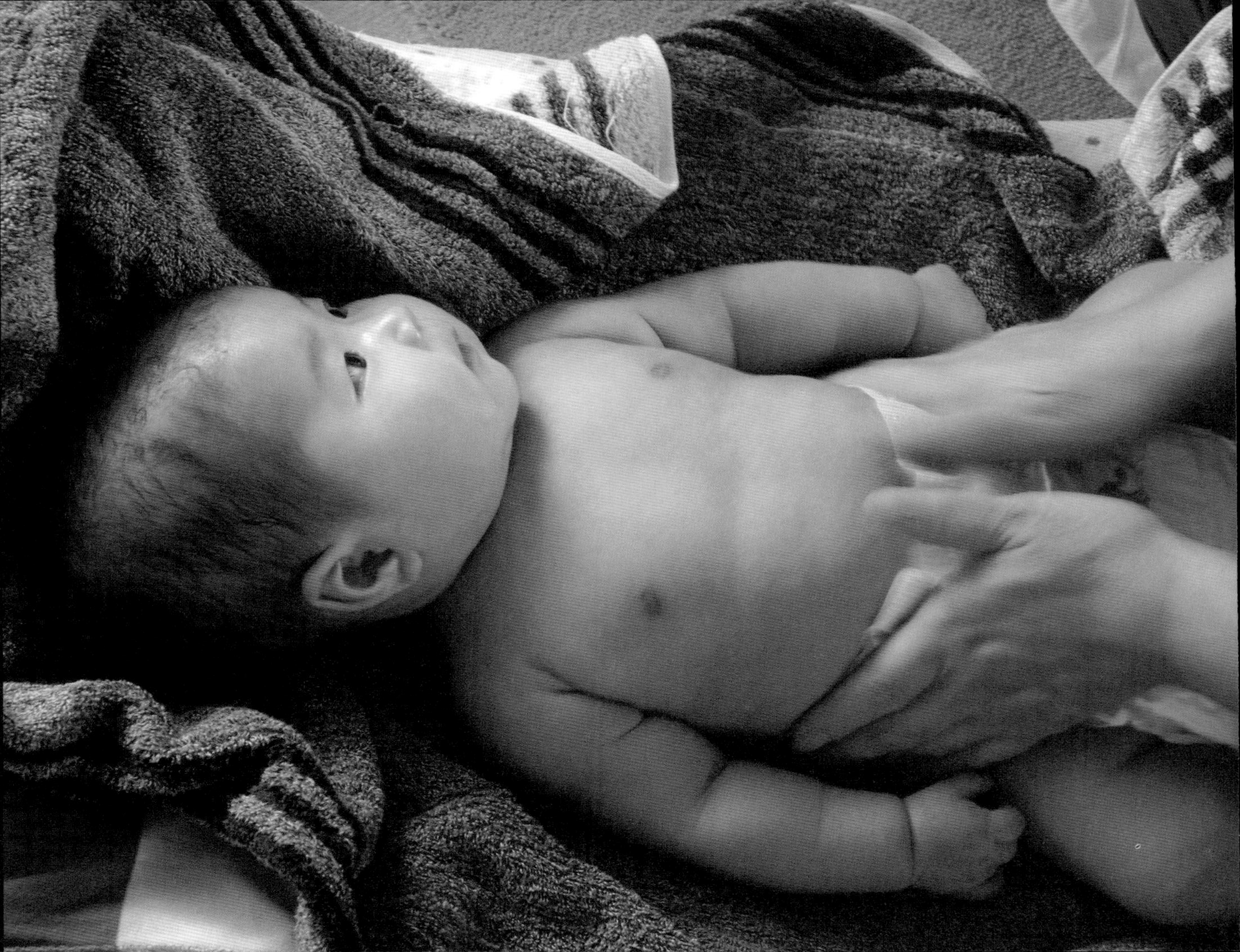

歩いてくる首より上は杜若

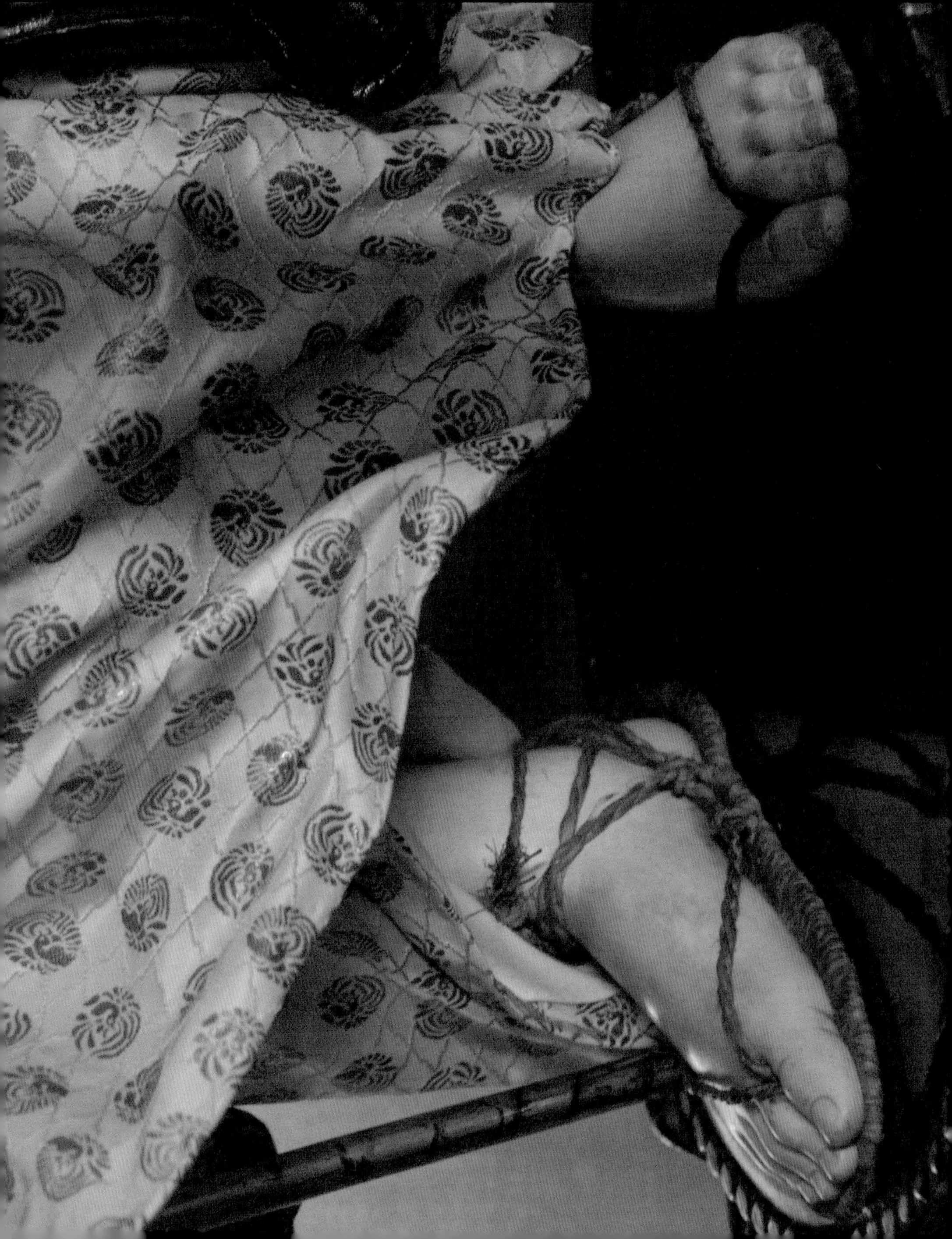

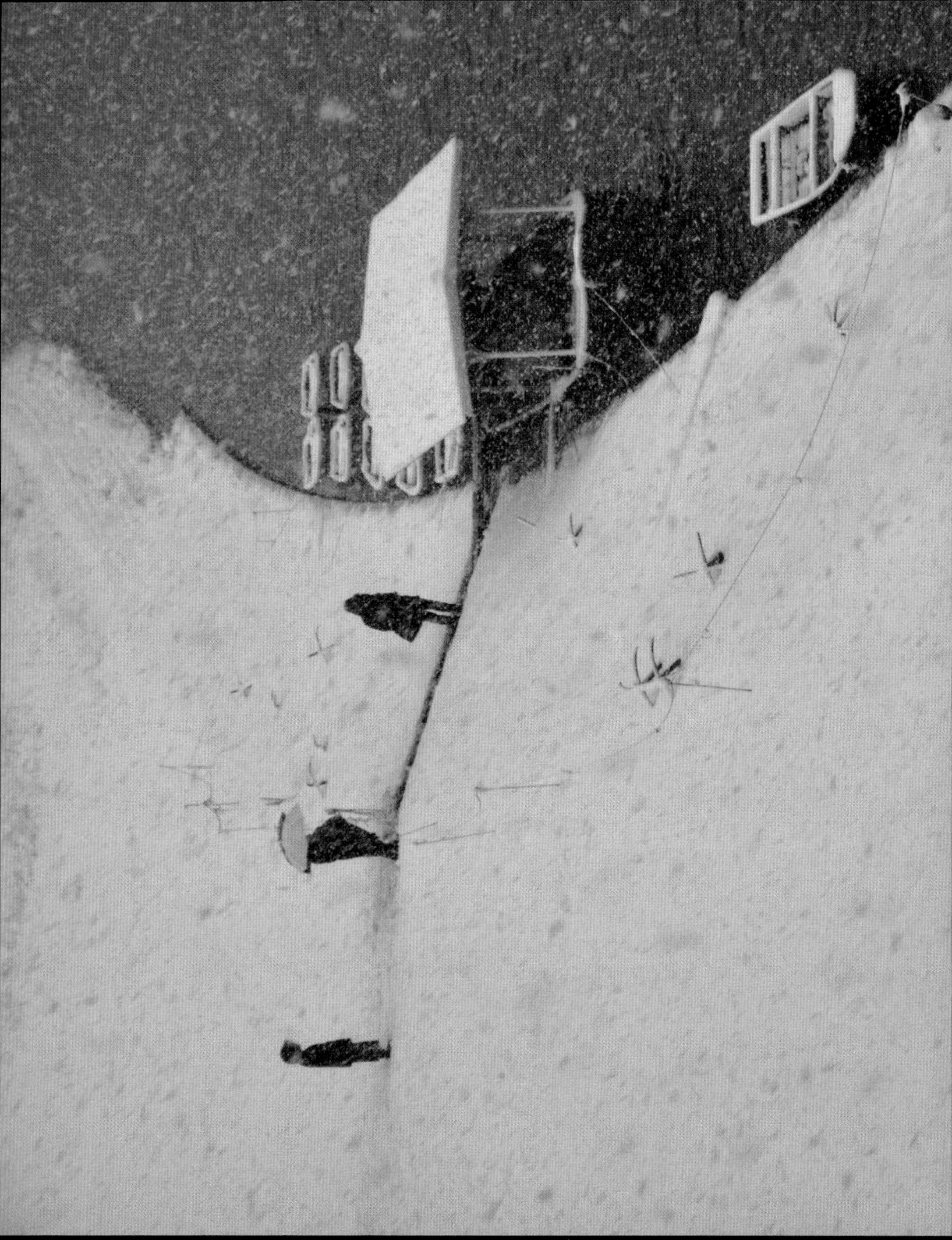

止まれば止まる歩けば歩く雪女郎

かざぐるま十ほど作る怖ろしや

金閣寺無数の蛇が穴に入る

夏鶯裏戸に剃刀負けの顔

いなびかり僧が壊れておりーかな

猫じゃらし死人というには純過ぎる

聞き尽一層蘇の絶叫鳴呼「存在」

人焼いて白いおつりを貰いけり

濡れている抽斗の三月十一日

OFUNATO
SANRIKU
F C

御詠歌のゆるりと怖い遅日かな

因縁のある奴も居り宝船

祀るには近すぎる翁春の暮

昭和十四年入營記念
奉寄進

らっきょう噛めば解体新書の音する

心は腸である高感度フィルム

秋風に靴を履きたる死体かな

毛糸玉ほどけば黄泉の国ならん

破顔にて蓮のまだらの微光かな

義眼にて世界を覗くおとこかな

春風やあの世から来る表彰状

カフカ来て桃のいのちを書き変える

万歳の三度目からは蛸を食い

愚かにも明るき二人南瓜買う

秋風や歯は失せたるも朱き舌

我が頭踏まれやすき彼岸過

40
この先北品川二丁目交差点
五反田 大崎
川崎

重心を猫にゆずりし男かな

犬掻きで往きては還り補陀洛は

死の傍にまこと大きな菊の壁

やまももの腐りゆく夜に我育つ

尿意もて梅見上げたる力かな

巡礼のあたま没せる花菜かな

文鳥を手に載せ我ら何処へ行くのか

句景幻視——あとがきにかえて

荒川健一

カメラマンを目指して写真を始めてから十年ほどが過ぎた三十歳のころ、寺山修司の句歌や夢野久作の短歌集『猟奇歌』に写真を付ける試みをしたことがあった。しかしながら、句や歌からイメージする風景や情景を探し歩いたところで、これぞといった対象に出会えることは稀であり、いつしか断念してしまった。

その後、俳人・高島茂（新宿西口の酒場「ぼるが」の創業者）の次男で、俳句誌「獐（のろ）」の発行人だった高島征夫さんの句に写真を付け、「撮詠録」と銘打って彼のホームページに掲載し話題を呼んだ時期もあったが、残念なことに征夫さんは早世してしまい一年ほどで中断となった。

それ以来、そうした試みをすることはなかったが、二〇〇九年、大畑等さんの句集『ねじ式』に出会ったのである。きっかけは、句集の装丁を担当された中山銀士さんの誘いで「ぼるが」で催された出版記念会に出席したことだった。その後、二〇一六年の正月に亡くなるまでの七年間に私が大畑さんと盃を交わしたのは数度ほどであったが、『ねじ式』の中の一章「句篇 ＰＥＲＳＯＮＡ」には心から魅せられていた。『ＰＥＲＳＯＮＡ』は、もとは写真家の鬼海弘雄氏が浅草寺の境内で呼び止めた風変わりで個性的な人々を写した肖像写真集で、大畑さんはそこに写る一〇二人の人物像を的確に詠んで句篇「ＰＥＲＳＯＮＡ」としてまとめていた。私は三〇年前の自身の試みを思い出し（この場合は写真が先で句が後という逆順なのではあるが）羨ましい思いで幾度も大畑句を読み返していた。

大畑さんが逝って三年ほどが過ぎた二〇一九年の夏、酷暑で外出する気にもなれなかった日に何気なく『ねじ式』と、二〇一七年七月に刊行された遺作句集『普陀洛記』の二冊に目を通していると、突如として、句に付く画像のイメージが湧き上がってきた。いくつかの句に、思いついた写真を合わせてみると大変に面白く、つぎつぎに絵柄が浮かんでくるではないか。何かに急かされるような気持ちで、今までに撮り溜めた写真の中から使えそうな画像をデータ化し、まとめる作業を始めた。写真を始めた五〇年近く前に撮ったポジフィルムから最近撮ったデジタル写真まで、約二〇〇〇点の候補が集まった。画面をスクロールしては句に合う画像を探し、これはと思った組み合わせを見出すとプリントし、句を筆写した小さな紙を貼り付けてファイルする。この作業をひたすら続け、秋の終わりまでには六〇頁仕様のファイルブックが七冊になった。

私自身は俳句をつくらないので句の善し悪しを語る力量はないのだが、写真映像をイメージできる一番近い「言葉の世界」が俳句と短歌であると感じていて、短詩型作品を読むことは以前から好きだった。しかしながら前述のとおり、俳句と自分の撮った写真とを組み合わせる行為は大畑さんの句集に巡り会うまで再開することはなかった。大畑俳句との出会いは私にとって運命的体験であったと言っても過言ではない。『ねじ式』と『普陀洛記』に収まる句群に付けた写真は四〇〇点を越えたが、残る半分の句に写真を付けるのは今後の愉しみに取っておこうと思う。

写真の中に大畑俳句の十七文字を見つけ、歳時記とも無縁で勝手に一冊にまとめてしまったこの本が、もしも彼の目にふれていたなら俳人は大笑いしてくれただろうか？　それとも、彼を知る人ならだれもが見覚えのある、苦虫を噛み潰したような表情を見せたことだろうか……。

大畑俳句を相手に遊び半分で始めたファイル作りが、出版にまでこぎつけられたのは、本にすることを強くすすめてくれ、プロデュース役を引き受けてくれた中山銀士さん、そして編集上の数々の貴重なアドバイスを下さった、大畑さんの学生時代からの親友・稲川微さんのお力添えがなければ不可能でした。また、画像の色調調整などの面倒なオペレーションを担当してくださった葛城真佐子さん、金子暁仁さん、発行元の現代俳句協会出版部長・津高里永子さん、発売元を引き受けてくださった彩流社代表取締役・河野和憲さん、まことに有難うございました。

末尾になってしまいましたが、身に余るお言葉のならぶ玉稿をお寄せくださいました宇多喜代子先生、こころから感謝申し上げます。

二〇二〇年十一月吉日

荒川健一

撮影地一覧

〇〇五　インドネシア　ロンボク島　二〇〇一
〇〇六　新潟　佐渡島　一九七五
〇〇七　長崎　壱岐島　一九七九
〇〇八　東京　狛江市　一九九五
〇〇九　埼玉　秩父市　二〇〇八
〇一〇　東京　狛江市　二〇一八
〇一一　東京　狛江市　二〇〇五
〇一二　東京　狛江市　一九九一
〇一三　東京　中央区　二〇一四
〇一四　東京　狛江市　二〇一七
〇一五　東京　狛江市　二〇一七
〇一六　高知　窪川町　二〇〇三
〇一七　宮城　仙台市若林区　二〇一四
〇一八　徳島　美馬市脇町　二〇〇三
〇一九　東京　狛江市　二〇一五
〇二〇　東京　品川区　二〇一〇
〇二一　宮崎　椎葉村　二〇〇九
〇二二　埼玉　秩父市　二〇〇八
〇二三　神奈川　厚木市　二〇〇五
〇二四　インドネシア　ボルネオ島　二〇〇五
〇二五　宮崎　高鍋市　二〇一〇
〇二六　宮崎　諸塚村　二〇〇九
〇二七　東京　狛江市　二〇一七
〇二八　東京　狛江市　二〇一九
〇二九　東京　羽村市　二〇〇七
〇三〇　東京　狛江市　二〇一七
〇三一　和歌山　新宮市　二〇〇四
〇三二　山口　錦町　二〇〇七
〇三三　千葉　大多喜町　二〇一二
〇三四　東京　江東区　二〇〇八
〇三五　東京　台東区　二〇〇七
〇三六　東京　狛江市　二〇〇八
〇三七　宮崎　高鍋市　二〇一〇
〇三八　東京　新宿区　二〇〇八
〇三九　東京　江東区　二〇〇八
〇四〇　東京　狛江市　二〇一五
〇四一　長野　下諏訪町　二〇〇三
〇四二　岐阜　谷汲村　二〇〇一
〇四三　京都市　中京区　二〇一一
〇四四　東京　品川区　二〇一〇
〇四五　タイ　バンコク　一九九七
〇四六　東京　目黒区　二〇一八
〇四七　千葉　木更津市　二〇〇八
〇四八　東京　台東区　二〇〇九
〇四九　一糸座公演「長靴をはいた牡猫」　二〇一六
〇五〇　鹿児島　平島　二〇〇九
〇五一　東京　千代田区　一九九八
〇五二　長崎　西海町　二〇一〇
〇五三　島根　羽須美村　二〇〇七
〇五四　東京　新宿区　一九七二
〇五五　千葉　長南町　二〇〇八
〇五六　鹿児島　中之島　二〇〇九
〇五七　東京　狛江市　二〇一九
〇五八　東京　渋谷区　二〇〇七
〇五九　東京　杉並区　二〇一一
〇六〇　東京　台東区　二〇一〇
〇六一　東京　狛江市　二〇一六
〇六二　東京　品川区　二〇一一
〇六三　東京　台東区　二〇一五
〇六四　長野　青木村　一九八三
〇六五　千葉　鴨川市　二〇一七
〇六六　東京　狛江市　二〇一九
〇六七　東京　羽村市　二〇〇七
〇六八　和歌山　和歌山市　二〇〇二
〇六九　鹿児島　平島　二〇〇九
〇七〇　宮崎　高鍋市　二〇一〇
〇七一　長崎　平戸　一九九三
〇七二　茨城　大子町　二〇〇八
〇七三　宮崎　諸塚村　二〇〇九
〇七四　東京　墨田区　二〇一〇
〇七五　東京　狛江市　二〇一八
〇七六　東京　墨田区　二〇〇五
〇七七　神奈川　津久井町　二〇〇四
〇七八　東京　狛江市　二〇一七
〇七九　東京　狛江市　二〇〇五
〇八〇　神奈川　小田原市　二〇〇五
〇八一　東京　小金井市　二〇一二
〇八二　東京　狛江市　二〇二〇
〇八三　東京　品川区　二〇一〇
〇八四　宮城　南三陸町　二〇一四
〇八五　東京　足立区　二〇〇七
〇八六　広島　尾道市　二〇〇六
〇八七　東京　葛飾区　二〇〇七
〇八八　東京　渋谷区　二〇一三
〇八九　東京　台東区　二〇一〇
〇九〇　神奈川　津久井町　二〇〇四
〇九一　長崎　生月町　二〇〇四
〇九二　熊本　熊本市　二〇一〇
〇九三　東京　狛江市　二〇一一
〇九四　神奈川　平塚市　二〇〇五
〇九五　和歌山　新宮市　二〇〇四
〇九六　香川　善通寺市　一九八四
〇九七　東京　台東区　二〇〇八

〇九八 劇団椿組公演「ＧＳ近松商店」二〇〇六
〇九九 東京 品川区 二〇一〇
一〇〇 東京 狛江市 二〇一三
一〇一 千葉 下総町 二〇〇五
一〇二 山形 大蔵村「むしびらき祭」一九八七
一〇三 東京 品川区 二〇一一
一〇四 宮崎 高鍋市 二〇一〇
一〇五 東京 狛江市 二〇一八
一〇六 東京 台東区 二〇一〇
一〇七 東京 荒川区 二〇一〇
一〇八 埼玉 日高市 二〇〇九
一〇九 大阪市 西成区 二〇〇五
一一〇 東京 狛江市 二〇〇八
一一一 静岡 西伊豆町 一九九三
一一二 劇団風の街公演「風のレジェンド」二〇〇六
一一三 東京 青梅市 二〇〇六
一一四 東京 狛江市 二〇一一
一一五 一糸座公演「マダム・エドワルダ」二〇一三
一一六 東京 狛江市 二〇一七
一一七 東京 狛江市 二〇一三
一一八 鹿児島 中之島 二〇〇九
一一九 宮崎 諸塚村 二〇〇九
一二〇 一糸座公演「カリガリ博士」二〇一五
一二一 東京 狛江市 二〇一九
一二二 東京 千代田区 二〇〇八
一二三 東京 狛江市 二〇一九
一二四 秋田 象潟町 二〇〇七
一二五 田中泯野外公演「山河鎮魂」二〇一一
一二六 京都市 東山区 二〇一一
一二七 長崎 対馬 一九七九
一二八 東京 台東区 二〇〇八
一二九 一糸座公演「カリガリ博士」二〇一五
一三〇 埼玉 東松山市 二〇〇五
一三一 滋賀 竹生島 二〇〇二
一三二 栃木 大谷町 二〇〇五
一三三 和歌山 新宮市 二〇〇六
一三四 神奈川 川崎市 二〇一三
一三五 東京 新宿区 二〇〇八
一三六 神奈川 横浜市 二〇〇八
一三七 東京 狛江市 二〇一四
一三八 国立近代美術館「トーマス・ルフ」展 二〇一六
一三九 東京 台東区 二〇一五
一四〇 東京 狛江市 二〇一九
一四一 東京 狛江市 二〇一四
一四二 熊本 熊本市 二〇一〇
一四三 東京 狛江市 二〇一八
一四四 東京 品川区 二〇一五
一四五 青森 むつ市恐山 一九八三
一四六 東京 狛江市 二〇一九
一四七 東京 台東区 二〇〇九
一四八 一糸座公演「マダム・エドワルダ」二〇一三
一四九 山形 大蔵村「むしびらき祭」一九八七
一五〇 東京 世田谷区 二〇一九
一五一 栃木 益子町 二〇〇八
一五二 インド ヴァラナシ 二〇〇九
一五三 青森 むつ市恐山 一九八三
一五四 宮城 南三陸町 二〇一一
一五五 岩手 釜石市 二〇一一
一五六 山口 沖家室島 二〇一二
一五七 青森 むつ市恐山 一九八三
一五八 福島 三春町 二〇〇六
一五九 山口 錦町 二〇〇七
一六〇 広島 三次市 二〇〇七
一六一 宮崎 日向市 二〇一三
一六二 東京 台東区 二〇一六
一六三 神奈川 津久井町 二〇〇五
一六四 東京 狛江市 二〇一七
一六五 和歌山 高野山 一九八三
一六六 東京 台東区 二〇〇八
一六七 bug-depayse公演「使者たち」二〇一七
一六八 東京 狛江市 二〇一七
一六九 東京 狛江市 二〇一四
一七〇 東京 台東区 二〇一〇
一七一 神奈川 横浜市 二〇〇八
一七二 水眠亭公演「歌と踊りコレクティブ」二〇〇五
一七三 神山貞次郎写真集出版記念会 二〇一四
一七四 東京 狛江市 二〇二〇
一七五 山形 大蔵村「むしびらき祭」一九八七
一七六 東京 豊島区 二〇〇九
一七七 東京 品川区 二〇〇七
一七八 神奈川 津久井町 二〇〇六
一七九 新潟 佐渡島 二〇〇六
一八〇 東京 台東区 二〇一一
一八一 宮城 牡鹿町 二〇一四
一八二 東京 狛江市 二〇一九
一八三 千葉 南房総市 二〇一六
一八四 東京 狛江市 二〇一八

【著者紹介】

大畑 等 おおはた・ひとし

1950年　和歌山県新宮市生まれ。
現代俳句協会会員。
2013年～2015年　千葉県現代俳句協会長を務める。
「麦新人賞」「麦作家賞」授賞。
「現代俳句協会評論賞（2001年）」授賞。
「遊牧」同人。「西北の森」会員。
2016年1月　病没。

◉句集
2009年　『ねじ式』
2017年　『普陀洛記』

荒川健一 あらかわ・けんいち

1948年　神奈川県横浜市生まれ。
1970－80年代、自主運営ギャラリー「コネクト・イン」や、
同人誌「写真試論」出版などの活動に参加。
1989年　撮影・編集プロダクション㈱リーワードを設立。
2008年より読売日本TV文化センター大森講師。

◉写真集
2011年　作品集「腥態」（現代書館）
2018年　写文集「すいじんのえのき」（彩流社）

◉写真展
1999年　「ミンガラバ」～ミャンマー・タンボウ村の人々～
（ミノルタフォトスペース新宿）
2011年　「腥態」（ヴァリエテ本六）

句景（くけい）

２０２０年12月14日　印刷
２０２１年１月10日　発行

著者――――大畑 等・荒川健一

発行――――現代俳句協会
〒１０１－００２１
東京都千代田区外神田６－５－４　偕楽ビル７階
［電話］０３－３８３９－８１９０
［ファックス］０３－３８３９－８１９１
[e-mail] gendaihaiku@bc.wakwak.com

発売――――株式会社 彩流社
〒１０１－００５１
東京都千代田区神田神保町３－10　大行ビル６階
［電話］０３－３２３４－５９３１
［ファックス］０３－３２３４－５９３２
[URL] http://www.sairyusha.co.jp
[e-mail] sairyusha@sairyusha.co.jp

編集制作――――中山デザイン事務所（協力＝稲川徹）

装丁・組版――――中山銀士（協力＝金子暁仁・葛城真佐子）

印刷・製本――――モリモト印刷株式会社

Printed in Japan, 2020, ISBN978-4-7791-2733-5 C0092
乱丁本・落丁本は小社にてお取り替えいたします。